诵读 蒙古学经典

SONGDU
MENGGUXUE JINGDIAN

— 刘春子 / 编著 —

2

内蒙古人民出版社

图书在版编目 (CIP) 数据

诵读・蒙古学经典．2 / 刘春子编著．-- 呼和浩特 ：
内蒙古人民出版社，2020.11
ISBN 978-7-204-16427-1

Ⅰ．①诵… Ⅱ．①刘… Ⅲ．①蒙古族－少数民族文学－
作品综合集－中国 Ⅳ．①I291.2

中国版本图书馆 CIP 数据核字（2020）第 178621 号

诵读・蒙古学经典・2

作　　者	刘春子
策划编辑	贾睿茹
责任编辑	孙　超
封面设计	宋双成
封面插画	孙　强
内文插画	杨乌日嘎　王　焱　陈利鑫
出版发行	内蒙古人民出版社
地　　址	呼和浩特市新城区中山东路 8 号波士名人国际 B 座 5 楼
印　　刷	内蒙古爱信达教育印务有限责任公司
开　　本	787mm×1092mm　1/16
印　　张	6.25
字　　数	90 千
版　　次	2020 年 11 月第 1 版
印　　次	2020 年 11 月第 1 次印刷
印　　数	1—2000 册
书　　号	ISBN 978-7-204-16427-1
定　　价	26.00 元

如发现印装质量问题，请与我社联系。联系电话：（0471）3946120
网址：http://www.impph.com

序

中华文化源远流长、历久不衰，在世界文化中独树一帜。造就这种独特而伟大的文化发展现象的原因之一，就在于它多元一体、和而不同的内在建构。在这个内在建构中，作为草原文化的重要组成部分——蒙古族文化是其不断演进、发展的重要动力源泉之一。

在长达千年的历史长河中，这个被称为“马背上的民族”创造了并至今还在创造着光耀千古、气势恢宏的历史文化，源源不断地将一个民族的伟大精神以璀璨绚丽的音乐、舞蹈、绘画、科技、军事、哲学思考、文艺作品、历史典籍等形式投射到长生天不朽的时空幕布上，直至凝铸成中华文化之星座，汇聚成世界文化之星系。

蒙古民族曾以美丽的牧歌走向世界，以恢宏的征战走向世界，以难以企及的国家版图走向世界，更以浩如烟海的历史文化艺术典籍走向世界！

荟萃草原文化精华的《成吉思汗箴言》与《论语》同为闪烁着哲人智慧光芒的人类宝贵的精神财富。

《格萨尔王》《江格尔》等草原民族的英雄史诗是蒙古民族重要的精神图腾，是“一个民族精神标本的展览馆”，将“处于英雄时代具有原始新鲜活力的全部民族精神都可以表现出来”，为我国在世界史诗领域赢得了崇高的地位。

被誉为“草原《史记》”的《蒙古秘史》将神话传说、英雄史诗、祝词、赞词、民歌等诸种传统的民族文学体裁有机地融合在对历史的记述之中，创造了历史文学体裁的新形式。

作为草原民族法典代表作的《大札撒》则是一座里程碑，引导蒙古民族跨入法治社会。在世界法制史上，它与中原农耕民族的法典代表作《大秦律》、欧洲的《罗马十二铜表法》、古代巴比伦的《汉谟拉比法典》一样，都代表了人类法制建设划时代的历史跨越……

蒙古族世界级的经典又何止于此！

文化兴则国运兴，文化强则民族强。夺取新时代中国特色社会主义伟大胜利，实现民族伟大复兴，必须坚定文化自信，大力继承与发扬灿烂的民族文化。草原文化从来不是一个封闭的系统，它具有强烈的开放性、包容性与接纳性。它鲜艳，鲜活，虽发端遥远，却历久弥新。它的文化精神内核可简要归纳为：质朴天然、本性纯真，奋发进取、自强不息，自由开放、热爱自然，尊信重义、崇尚英雄等。以上特质与当今的时代精神和全球背景下的人文价值诉求高度契合，是拈来即可应用的人类文化瑰宝。

2019年8月16日，习近平总书记在内蒙古大学考察时，仔细察看了蒙古族的经典馆藏，听取了关于蒙古族历史文化的讲述。这充分体现了总书记对民族文化和民族教育的重视。习总书记曾讲："年轻人是实现第二个百年奋斗目标的骨干和栋梁。"因此，对我区青少年学生的民族教育要从小抓起，使其循序渐进地接触、了解蒙古学的知识，形成正确的世界观、人生观、价值观。当今，有关国学经典诵读的著述早已数不胜数，而蒙古学经典读物尚属凤毛麟角，即使有，也略显简单化、平面化，远不能体现作为经典的巨大教化作用。

基于此，我们编纂了这部《诵读·蒙古学经典》丛书。这套书以社会主义核心价值观的"富强、民主、文明、和谐，自由、平等、公正、法治，爱国、敬业、诚信、友善"十二项内容为基本精神遵循，又细化为多个人类优秀品格、素质、规范等，再从浩瀚的蒙古学经典著作中遴选、整理与以上原则相对应的，适合青少年诵读学习的箴言、谚语、史料、律条、神话传说、历史故事等作为文本内容，系统涵盖了智育、德育、美育等教育范畴，以及政治、经济、文化、科学、军事、伦理、艺术、生态、教育等多个领域。延伸阅读部分又辅之以大量传统国学经典与之相呼应，凸显了草原文化是中华文化不可分割的一部分，是与中原文化长期碰撞、交流、吸收、融合的结果。这套书按年级从低到高共分6部，主题鲜明，内容翔实，形式多样，文字生动，是少年儿童学习民族文化的理想阶梯，奠定道德精神大厦的坚固基石。

春风大雅能容物，秋水文章不染尘。经典，传承千年而精神不老，流传亘古而馨香益醇。读经典是一个励志、炼心、启智、铸魂的历程。在此中，积累的是语言，培养的是灵性，造就的是智慧，升华的是品质。

学习，继承，发扬，我们义不容辞；诵读，品味，感悟，我们不亦乐乎！

编者

2020 年 8 月

目录

第一单元　念亲恩

第二单元　强心志

Contents

第三单元　勤学习

第四单元　师生情

目录

第五单元　朋友义

第一单元

念亲恩

小朋友，你是家人心头最柔软的地方，也是他们无私付出、小心呵护的掌上明珠。当你像草原上鬃毛飘逸的骏马一样往天边飞奔时，要记得，你身后的家人，是你永远的依靠。你也要记得他们的好，亲人之间的爱，就像海浪，潮来潮去，有付出，有回报，大海才会波涛汹涌，充满活力。

1. 感恩

如果你没有出生，
也未给你命名；
如果你没出母腹，
也未看见光明；
你过什么新年，

又给谁命名！
今后务须记清，
父母在生你的日子，
举行的生日喜宴，
这才是你们的上等佳宴。

（选自《成吉思汗箴言》）

对父母要敬仰，
对子女要教养。

（选自《蒙古族谚语》）

导读

“母爱如水，父爱如山”，优秀的父母除了提供给孩子一个遮风避雨的温暖巢穴外，同时也给他们一双能够展翅高飞的羽翼。可见，在成长过程中，父母之爱温暖而执着地呵护着孩子。而孩子们也是在这样的家庭氛围中，学会爱家人、守护家庭。

延伸阅读

成吉思汗9岁那年（约1170年），按照习俗，也速该带领他到弘吉剌部求亲。返程时，也速该遇见一群塔塔儿人正在举行宴会。塔塔儿人在也速该的饭菜里下了毒，等到也速该发现时，为时已晚，他强撑着回到部落里就去世了。随后，乞颜部内部反对也速该的势力掌握了大权，诃额伦夫人和她幼小的孩子们被无情抛弃。诃额伦夫人具有顽强的毅力和超人的才干。被部众抛弃之后，她沿着斡难河上下奔走，采食野果野菜以维持生计。在这样的环境中，铁木真和他的兄弟们日渐成长，练就了日后面对各种困难时超人的忍耐力。

2. 敬老

尊敬德高的人，
敬爱年老的人，
抬举恩惠的人，
躲开阴险的人。

（选自《蒙古族谚语》）

导读

老年人是国家和社会的宝贵财富，正所谓“莫道桑榆晚，为霞尚满天”。尊老敬老的传统美德也犹如一湾清泉，流淌在我国悠久的历史长河中。传承弘扬这一美德，既要内化为深厚情感，更要外化为实际行动，努力实现老有所养、老有所依、老有所乐、老有所安。在社会加速发展的今天，老人们在“老有所养”之后也更加重视“老有所乐”。而“乐”需要子女和后辈给予更多精神关爱，尤其是对于日益增多的空巢老人来说，更加需要精神上的慰藉。

延伸阅读

成吉思汗开国封官，赐给蒙力克上座，这是最受尊敬的人才能享受的座位，表明他享有顾问的身份。成吉思汗对他说：“你与我同生死、共命运。吉祥多福的你，相济相助功德几多。从中可举一例来说：当年王罕与桑昆二人设下陷阱邀我前去，半途中我到你家过夜。那时如果没有你的劝阻，我就会坠入深水、身陷火海而死。你的这般功德我永世不会忘记。作为回报，今特赐上座给你，并将赏你俸禄，直至子孙后代永远享有！”

3. 尊母

明慧的斡真母亲，
养育聪颖的儿子，
用山韭野葱充饥，
终养成部族的主人。
刚毅的斡真母亲，
培育承运的儿子，
虽游鱼豆鼠为食，
终育成帝座的主人。

（选自《黄金史纲》）

对喂乳汁的母亲要敬爱，
对教字母的老师要尊重。

（选自《蒙古族谚语》）

导读

世界上只有一位对你最好的女性，她便是慈爱的母亲。世界上只有一种最动听的声音，那便是母亲的呼唤。声声叮咛，满满关爱，是母亲关注的目光庇护孩子长大；句句教诲，殷殷期盼，是母亲教诲的话语引导孩子成长；缕缕思念，丝丝牵挂，是浓厚的母爱陪伴孩子每一天。母亲陪我慢慢长大，我陪母亲慢慢变老。

延伸阅读

诃额伦夫人绝不是一个轻易向命运低头的女人，她拥有过人的智慧、坚毅的品质和异于普通妇女的才干，尽管面临着居无定所，吃了上顿没下顿，只能生活在野外的困苦环境，但她还是勇敢面对这些困难，并没有轻言放弃。正是因为受到这些艰苦的磨难，铁木真兄弟以母亲为榜样，逐渐成长为了更优秀的人。后来铁木真统一蒙古后，铁木真与自己兄弟的关系遭到挑拨，这时诃额伦夫人毅然决然地站了出来，训斥了自己的儿子，并把其中的要害点透，铁木真对于母亲也是极其尊敬的，面对当面的指责他认真聆听入心，并积极改正自己的错误。

4. 家教

父亲的教育——黄金，
母亲的教育——智慧，
哥哥的教育——利益，
姐姐的教育——慈爱。

（选自《蒙古族谚语》）

导读

蒙古族把高尚人格的培养、道德品质的教育、实践知识的传授、文化知识的教育等视为家庭教育中不可缺少的核心内容。从成吉思汗时代开始，蒙古族就把提高整体文化水平作为一种社会责任。

延伸阅读

箴言：成吉思汗统一蒙古各部后，选拔各部出色子弟守护大汗宫帐、接受教育，他说："有愿到朕身边效力，愿来朕处学习者，不可阻挡他前来！"（《蒙古秘史》[1] 第 224 节）

作为父亲，他深知每一个孩子的品性与优缺点。他任命了阔阔搠思[2]辅佐、教育二儿子察合台，"察合台为人暴烈，让性行仔细的阔阔搠思早晚在他身边，把你想到的说给他听吧。"（《蒙古秘史》第 241 节）

[1]《蒙古秘史》是一部记述蒙古民族形成、发展、壮大之历程的历史典籍，是蒙古民族现存最早的历史文学长卷。原书用畏吾体蒙古文（即古蒙古文）写成，13 世纪前后成书于蒙古高原的克鲁伦河流域，作者不详。

[2] 巴林部贵族，很早就带着部落百姓跟随成吉思汗征战，为人忠厚淳朴，做事严谨细致，所以成吉思汗让他辅助察合台。

5. 家风

怀有狩猎、纵马骑射之夙愿者，可依附于术赤；想要精通札撒规矩、法律和必里克（训言）的人，就到察合台处去；喜好慷慨大度和想发财致富的人，可去亲近窝阔台；追求勇敢荣誉、武功、降国定天下的人，就去效力于托雷汗。

（选自《成吉思汗箴言蒙汉合璧书法集》）

导读

有家的地方就有家风。家风有好有坏，有严有宽，有谆谆教导，也有润物无声。

家风是教育的一种，诗书礼乐，足以修身齐家，温良恭俭，足以治平天下。良好的家风，像水波里最深沉的投影，又像高空中最张扬的风筝。

不同的家庭，就有不同的家风，家风并非千篇一律，而是如人生百态，各有千秋。

延伸阅读

成吉思汗问四个儿子：

什么是人生最幸福的事？你们要认认真真地回答！

四个儿子各抒己见，窝阔台回答父亲：

让鹰旗永远飘扬，让蓝天永远洁净；
让鲜花永远洁白，让疆土永远完整。
让月亮永远皎洁，让太阳永远光明；
让牧场永远碧绿，让山峰永远常青。
我的希望是：
混乱消失了——应有稳定；
孤独消失了——只有众生；
冬天消失了——应有夏天；
贫困消失了——应有繁荣。

成吉思汗接着说：

术赤自幼惰性多，因此，你“胸间难容全鞍之马”。听说你愿意“睡在花朵上”，难道不怕花下有毒蛇盘绕吗？这叫什么幸福？窝阔台说得很好，他懂得“皎洁”，他懂得“纯净”，他懂得“光明”，他懂得“常青”；他要“鹰旗永远飘扬”，他要“疆土永远完整”。这才是人生的幸福，这才是宝贵的人生，只有“手握日月之人，才能留住春夏”啊！

第二单元

强心志

小朋友，花儿总有冲破泥土、傲然绽放的时候；鸟儿总有离开鸟巢、翱翔蓝天的时候；每一个人，都有长大成人，离开家庭的呵护，独自面对生活中的暴风骤雨的那一天。那时候，你就要学会坚强、勇敢。

1. 力量

不要想有人保护你，不要乞求有人替你主持公道。只有学会了靠自己的力量活下来，你才算是真正的蒙古人，也才是任何人都打不下马背的蒙古人！

（选自《成吉思汗箴言》）

风浪里试舵手，战斗中试英雄。

（选自《蒙古族谚语》）

导读

自立就是靠自己的劳动生活，不依赖别人；自强就是不安于现状，勤奋，进取，依靠自己的努力不断向上。自立自强是一种良好的品质，一种可贵的精神。

延伸阅读

成吉思汗对他的四个儿子视如汗国宫廷的四根栋梁。1207年春，成吉思汗命其长子术赤挂帅征讨尚未收服的林中百姓。清晨，他招术赤来到金帐，对他说：“箭镞要磨，骏马要骑；你是我的长子，该像雏鹰般从我的肩上飞出去了。你要掠过失必儿（即今西伯利亚）地面，那里有个海子叫拜喀勒淖儿湖（即贝加尔湖）。那里的紫貂甚好，鱼儿最鲜，蚌里的珍珠夜里闪光呵！去吧，命万户诺颜儿赤做你的左翼，命斡赤剌惕降来的首领忽都合别乞做你的右翼，不合为向导，你看如何？”术赤对父汗表示说：“海青出猎，男儿出征，宁可死在鞍下，决不败在敌营。”成吉思汗点点头，没再说什么，亲自给术赤披上铠甲，戴上金盔，配上宝剑，挎上箭囊，目送术赤踏上征程。

2. 勇敢

善用迂回战术，
惯于冲锋厮杀；
善用多变战法，
乐于猛力扑杀。
挥舞黑白花旗的那群狡黠的百姓，
自幼喜爱搏斗，
今已练就铁身，
如此勇猛之众，
你须小心才是！

勇敢与成功如形影相随。
有勇气终能达到目的，
怕困难总不能实现愿望。

（选自《蒙古族谚语》）

导读

札木合，蒙古札答剌部首领，号薛禅（贤者），原为铁木真安答。曾与王罕帮助铁木真恢复旧部，击败蔑儿乞人。两人情同手足，两部亲如一家。其后铁木真为合罕，两人分裂。1190年，他击败铁木真，但残酷对待俘虏，导致其部众叛归铁木真。1201年，被塔塔儿、泰赤乌等十三部推为古儿汗（大汗）。不久，被铁木真击败，逃奔乃蛮。1205年，被部下俘虏并送给铁木真处死。

延伸阅读

十三翼之战

公元1189年，铁木真被蒙古各族举为首领，但与札答剌部首领札木合发生冲突。公元1190年，札木合集泰赤乌等十三部共3万人进攻铁木真部，铁木真亦将所部3万人分为十三翼迎击。铁木真战败。

3. 坚毅

成吉思汗降旨，谕令：

“玉石是没有表层的，镔铁是没有里层的，娇生的身体是无常的，你们要百折不回地前行，常思意志坚强，百业创始，最终完成才算是达到了事业的顶峰。说真话，讲诚信的人心地忠贞，要让一己意愿与众人谐和。移行走向坟茔的身体现在真的要归你们了，作为后世的你们就遵循他的话行事吧！”

（选自《黄金史纲》）

骨头再坚硬，
也赶不上心志坚强。
即使两腿折断，还要用手爬行；
就是碰破头颅，也要熬到明天。

（选自《蒙古族谚语》）

导读

坚毅，是一种面对目标坚持努力、永不放弃的品质。它由两部分组成：激情，指对目标长期的热爱和坚持。拥有激情的人不会经常改变兴趣和目标，也不会因为要做的事花时间，就失去热情和专注。毅力，指面对挫折不会放弃。拥有毅力的人不会因为失败而失去信心，跌倒了就爬起来继续前进。

延伸阅读

泰和元年(1201)，铁木真率军大破札木合组织的松散联盟。次年，遭乃蛮联军进攻，退入金边墙内，大败乃蛮联军于阔亦田（今哈拉哈河上游）之野，乘胜攻灭塔塔儿四部。因势力渐强，引起王罕嫉恨和敌视。泰和三年，遭王罕突袭，败走班朱尼河（今呼伦湖西南），以饮浊水与从者盟誓，共渡难关。当时铁木真处境极为艰难，以射野马为食，汲浑水以饮。遂与追随他的忠实那可儿们宣誓：“使我克定大业，当与诸人同甘苦。苟渝此言，有如河水。”

4. 信心

雪中要学山上松，风里不做墙头草。

导读

无论是学习还是生活，在实现预设目标的过程中，我们都需要以坚韧的毅力、顽强的精神来克服闲难，摆脱诱惑，始终坚定不移、坚持到底来达到目的。我们在实现目标的过程中常常会遇到各种各样的困难，外部困难如自然条件很差、物质设备不足、工作条件缺乏、社会阻力很大等，内部困难如生理缺陷、健康状况不佳、情绪波动、能力缺乏等。除了困难之外，我们还可能遇到各种诱惑。这就要求个体充分调动意志的主观能动作用，排除这些障碍，直至成功。

延伸阅读

成吉思汗攻破克列亦惕部，围困王罕父子，最后俘获了克列亦惕部的将士，但发现王罕父子已经走脱。战后，成吉思汗追问事情的经过，王罕的战将合答黑据实告诉，是他力战使主人突围的。成吉思汗特别奖励他的忠义，说道：“不肯背弃正主，为救正主逃脱保全性命而拼命厮杀，岂不是大丈夫！可以当做伴当。”

5. 担当

白雪下降，黑土迎接，
与敌抗争，朋友援助。
空中降雪，高山顶住，
与敌战斗，亲友救援。

（选自《蒙古族谚语》）

导读

责任感

责任感是指个人对自己和他人，对家庭和集体，对国家和社会所负责任的认识，情感和信念，以及与之相应的遵守规范，承担责任和履行义务的自觉态度。它是一个人应该具备的基本素养，是健全人格的基础，是家庭和睦、社会安定的保障。

延伸阅读

乃蛮部的孝女洪格尔珠拉文武双全、英勇聪慧，因父亲托利年老体弱、弟弟年幼，就女扮男装，顶替父亲参战。

（《青史演义》）

《青史演义》全称《大元盛世青史演义》，又译作《大元勃兴青史演义》，由蒙古族文学家尹湛纳希撰写。全书共六十九回，故事未完结。主要章回创作于19世纪六七十年代。《青史演义》的基本情节是12至13世纪，蒙古族在元太祖成吉思汗率领下，统一蒙古高原和逐鹿中原的波澜壮阔的历史画卷。小说采用编年体方式，大致是一年的故事占一回，也有少数例外，数年一回，或一回数年。

第三单元

勤学习

小朋友，学习不应该仅仅是为了应付考试，还要活学活用，将所学知识与社会实践相结合。因此，我们不仅要在课堂上学习，在生活的点点滴滴中学习，在人生的风雨中学习，还要勤于学习，乐于学习，善于学习，做对祖国建设有用的人才！

1. 求知识

求得学问，虽受尽寒窗之苦，却受用一生。

与其谈论他人是非，不如反省自己过错。

艳阳虽明亮，没有云彩，才能晴朗；

小孩虽伶俐，勤读好学，才能聪明。

幼年时代，在父母面前耍骄贪玩，必然会成为不学无术的人。成为不学无术的人，不但后悔莫及，亦贻笑大方。因而，要刻意求学问。学问乃洁身、言谈、心术三者也。

忠贤者的劝告要听取，

离间者的美言要三思。

（选自《成吉思汗儿童训言》）

导读

在当今知识大爆炸的时代，学习显得比以往更重要。学习不仅能丰富知识，开拓视野，增长才干，还能提升素养，陶冶情操，塑造性格。

延伸阅读

13 世纪之初，蒙古民族刚刚兴起，当时还没有本民族的文字，在发布命令、传达信息时，都只是依靠口头语言和刻木结绳。后来在内部管理、战争及与周边交往中，逐渐感到文字对于处理国家事务的重要性。乃蛮部的塔塔统阿被俘虏后，成吉思汗了解到他既精通本民族的回鹘文字，又懂得蒙古语言，就命令他创制蒙古文字。塔塔统阿以回鹘文字母为基础，确定了上下连书、行款从左至右的文字书写习惯，这比较适合蒙古语言的记录习惯。蒙古本民族的文字终于诞生了。成吉思汗命令自己的儿子、孙子和诸王在内的贵族子弟们跟随塔塔统阿学习新创造的蒙古文字。

2. 爱智慧

若是没有智慧和技巧，就是胯下的山羊羔也杀不着吃不到；

若是智慧深广办法妙，即使深山野岭中的青羊羔宰杀烹吃也做得到。

（选自《成吉思汗箴言》）

导读

学习就像锻炼身体一样，需要人持续付出，因此会让人感到痛苦，并随时想找理由放弃。如果研究一下古今中外的成功人士，就会发现，他们基本上都是非常自律的，也都是非常热爱学习的。他们可以沉得下心来不断地学习，在学习中不断地思考、探索和实践。所以，如果不能克服自己性格中的弱点，不能端正自己的态度，不能自律，不能坚持，不能举一反三，不能不断追问，那么，无论有多好的方法，都不可能学好自己想要掌握的知识。所以，有正确的态度很重要。

延伸阅读

八思巴字

忽必烈建立元朝后，为了使其影响范围内各种语言有一种统一的文字记录系统，命藏传佛教萨迦派僧侣，后来成为元朝帝师的八思巴喇嘛创制蒙古新字。八思巴等人在西藏、印度文字的基础上根据蒙古语言音调，创制出一种方形新字，俗称“八思巴字”。这种新字不仅用于书写蒙古语，而且也用于书写汉语、藏语、畏吾尔语和梵语。蒙古新字颁行后，主要用在官方文书或官方造发的印篆、碑刻、牌符、钱钞等方面。由于种种原因，这个新文字没有能够代替畏吾体蒙古文，也未能达到拼写其他各族语言并逐步替代其原有文字的目的，其颁行40年后，蒙古族集中居住的地区仍未推行使用八思巴文，而是继续使用畏吾体蒙古文。

3. 爱学习

与友邻来往时，
如一头温驯的花牛犊，
与仇敌厮杀时，
如一只凶猛的狮子和老虎。
为了消灭敌人，
不顾自己性命的，
心之骏英雄孛斡儿出。

（选自《黄金史纲》）

身躯之英雄称一代，
智慧之英雄称万代。

（选自《成吉思汗箴言》）

导读

所谓“心之骏”，就是心心相印的朋友。

知心朋友是一个人生命中不可缺少的财富，当你拥有了知心朋友的时候，你会感觉到生命的快乐，体味到人性的纯美，品尝到真情的感动。然而，我们应该怎样对待自己的知心朋友呢？一个人对待朋友的态度，也是他为人的准则，首先要有一颗赤诚的心，凡事不要苛求朋友，多欣赏朋友的长处，才能做到彼此心心相印。另外，要绕过嫉妒，避开伤害，把快乐和开心留给朋友。这样，知心朋友便会在你欣赏的眼光中走来，走进你的生活里，与你同甘共苦。

延伸阅读

孛斡儿出，又名博尔术。蒙古阿尔剌部人。父纳忽阿儿阑，和铁木真父也速该相友善。幼时与铁木真结为安答。在成吉思汗统一蒙古诸部的战争中，勇猛善战，与木华黎、博尔忽、赤老温号称“四杰”，是成吉思汗的主要将领之一。成吉思汗建立怯薛军，由四杰分任四怯薛长。蒙古建国，受封为右手万户。

4. 敬贤者

不知自己荒唐，却看不起好人；拿蠢话当良言，自作聪明；操习诡诈，欺压平民者，与禽兽相同。狮子般的诺颜们，则由老虎似的群臣相伴；老虎般的诺颜们，则由豹子似

的群臣相伴；豹子般的诺颜们，则由狐狸般的群臣相伴。

（选自《蒙古族历代诗词选》）

导读

诺颜，是蒙古语的音译，意思是官员、贵族，他们有权管理大片的牧场和人民。

诺颜既代表着古代蒙古社会中的一个阶级，也可以用作人们对这一阶级中某位成员的称谓。在对这些成员的称呼中，诺颜一般与人名连接使用，可以用在人名前，也可以用在人名之后。

延伸阅读

1215 年 5 月 31 日，蒙古军攻克金中都，金朝官员耶律楚材被俘虏。1218 年夏天，成吉思汗于漠北草原怯绿连河（今克鲁伦河）畔的大斡耳朵召见楚材，见其身形高大，容貌雄伟，美髯洪声，甚为赞赏。此后便将楚材留在身边为谋士，由于楚材蓄有长髯，成吉思汗便以此称其为“吾图撒合理”（蒙古语意：长髯人）。成吉思汗对耶律楚材日益重视，令当时一位善于造弓的西夏工匠常八斤不满，便当着耶律楚材面向成吉思汗提出质疑：“现在重要的是打仗，要耶律楚材这种书生有什么帮助呢？”耶律楚材反问：“造弓都还需要造弓匠，治理天下难道就不需要‘治天下匠’？”成吉思汗觉得耶律楚材说的话有道理，就更加倚重他了。

5. 明主次

不要因为被公羊顶了一个洞，
就去破坏国家整体的安全！
不要因为被种绵羊顶个小窟窿，
就甩手离弃故旧和家园！
不要因为被牛顶了一个洞，
就不顾一切和恶人搅成一团！

导读

一个在生活中能够分清主次的人，在生活中也会有条有理；一个在工作中能够分清主次的人，在工作中也会得心应手。在每一件事情上能够正确地分清主次，就会分清事情的轻重缓急，从而合理地分配自己的工作重点，合理地分配已有的资源，合理地支配自己的精力，从而将主要的工作做好，做到位。主要的工作做好了，次要的问题也就迎刃而解了。

延伸阅读

成吉思汗麾下“四狗”之一速不台出征时，成吉思汗叮嘱这位著名的蒙古族将领：“速不台你追踪敌人时，要采取追到底、突然袭击的战术。今让你越高山、过大海，路途遥远，要节省军饷。干粮要耗尽了，现在就开始节约。马瘦了，再爱惜，不成；粮食没了，再节省，不成。路间，猎物众多，从长远计，途中莫让官兵狩猎，更不要随时打猎。如果为了军饷，那么就要有计划。让士兵无时间随时打猎，集中精力消灭敌人，莫要破坏大局安排。”

速不台（1176 年—1248 年），蒙古兀良哈部人。速不台早年辅佐铁木真统一诸部，常任先锋，以骁勇善战著称，享有“巴特尔”（勇士）称号。蒙古建国时，封千户长，为十大功臣之一。1211 年起随军进攻金朝。1219 年至 1222 年参与第一次西征，与哲别穷追花剌子模苏丹摩诃末，横扫波斯、高加索地区，并击溃钦察及罗斯联军。1226年随征西夏，1230年起再度攻金，效力于拖雷麾下，至1234年攻破蔡州，灭亡金朝。1235年至1242年，在宗王拔都的第二次西征中，速不台担任前锋，令大蒙古国版图扩展至俄罗斯一带。1242年返回蒙古，贵由汗即位后回驻秃剌河。1248年，速不台去世。

速不台一生征战数十年，其足迹所及，东至高丽，西达波兰、匈牙利，北到西伯利亚，南抵开封，是古代世界征战范围最广的将领之一。

第四单元

师生情

小朋友，知识为人类开辟了认识世界、通往宇宙之路，而老师则带领我们打开了知识的大门。老师的工作没有轰轰烈烈的场面，只是在一方小小的讲台上默默无闻地耕耘、浇灌，平凡而艰辛，却蕴含着伟大，创造着神奇。人的成长成才离不开教师。一个没有教师、没有知识的社会，不过是一片贫瘠的荒漠。

1. 尊师长

小是大之母，
师是徒之父。
一年之计贵于种田，
十年之计贵于植树，
百年之计贵于育人。

（选自《蒙古族谚语》）

导读

1206年，成吉思汗在斡难河畔召开忽里勒台，宣告大蒙古国正式建立，封赏群臣。他对巴阿邻部的兀孙老人说："兀孙、忽难、阔阔搠思、迭该这四个人，但听见的、心内想起的事，不要隐讳，都对我说。如今达达体例里，以别乞官为重。兀孙，你是巴阿邻为长的子孙，你可做别乞，做别乞时，骑白马，着白衣，坐在上座。挑选个好年月，议论了，教敬重者。"

延伸阅读

兀孙，又译许孙。蒙古巴阿邻部人。早年拥戴铁木真为蒙古各部共主。成吉思汗建蒙古国，封为千户那颜。因遇事无所隐讳，受命为别乞，着白衣，乘白马，居上座，占卜年月凶吉。

2. 重教育

徒之学问靠师，灯之明亮靠油。
子女在于引导，树木在于修剪。
嫩草需要雨露，幼儿需要教育。
人爱请教有学问的人，
蜂爱聚集有香气的花。

（选自《蒙古族谚语》）

导读

教育意味着一棵树摇动另外一棵树，一朵云推动另一朵云，一个灵魂唤醒另一个灵魂。一个人的成长，往往是仰望着前人的背影一步步前行。无论是家中的父母，还是学校的老师，要尊重他们，以他们为榜样，向他们学习。

延伸阅读

蒙古族的家庭很重视平时的礼节教育。父母常常教育子女平时要爱整洁、说话和气，不能随便动别人家的器具，不能随便骑人家的马。家里来客人时要记住客人的长相、穿戴、马的颜色、鞍具的样式等。蒙古族把日常礼仪做为衡量孩子是否成材的标准之一。

3. 崇强者

锋利钢刀，若是发钝，不去磨砺，岂能砍劈；快马良驹，若是瘦弱，不去调养，怎能驰驱；猛狮力强，若是老疲，岂不仅能护其脖颈；良驹骏马，若是老朽，唯有听人使唤驾驭。

（选自《智慧的钥匙》）

导读

在历史长河中，蒙古族经历了惊心动魄的厮杀、经过无数次血与火的洗礼。再加之平时马背上的颠簸和历经严寒酷暑的游牧生涯，因此其传统文化浸润着苍劲、雄健、粗犷、豪放的审美理想。他们教育后代崇尚威武和雄健，崇尚强悍和力量；鞭策后代崇尚勇敢、鄙视孱弱；崇尚进取，鄙视退却；崇尚牺牲，鄙视卑怯。

延伸阅读

据《蒙古风俗鉴》记载，自古对英雄信赖有加的蒙古族认为："男人如果是聪明的英雄，可以盖世。"这些教育内容，一般都是借古代历史上的人和事进行教导。说古代有某某英雄名震四方，敌人听了他的名字就偃旗息鼓。"他们用英雄人物的名字建造敖包，称某某英雄敖包。"

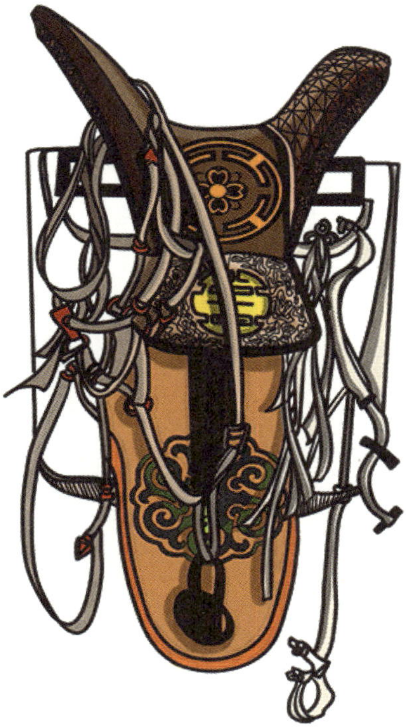

4. 重贤能

我一旦得到贤士和能人，就让他们紧随我不叫远去……

让他们称心如意地献计出力。

（选自《成吉思汗箴言》）

为自己着想的人，名不出院，

为大家谋利的人，名载史册。

（选自《蒙古族谚语》）

导读

历史告诉我们，在治国实践中，并不是所有君主都能明白君主主政与大臣理政之间的关系。有的君主事无巨细都揽在自己手里，只有亲自处理才放心，结果事倍功半，费力不讨好；有的君主善于抓大事，尤其注重用人，注意发现、识别和任用各类优秀人才，给每个重要岗位都安上合适的人选，结果事半功倍，天下大治，自己也做到了应付自如，游刃有余。

延伸阅读

贤才是国家之瑰宝，是事业的中坚和骨干，关乎着国运的盛衰兴亡，成吉思汗深谙这个道理，穷其一生他都在不断地招募聚集人才。而且对其麾下人才关爱有加，就像他曾经说过的，除了生命，他最爱的就是人才。

成吉思汗对人才的爱护还体现在他对待功臣的态度上，每战之后对于立功将士他总是能够积极地进行奖赏，对别人给予自己的帮助和恩惠总是牢牢地记在心上。

成吉思汗用人最大的一个特点就是能够不拘一格，任人唯贤，他打破了原有旧贵族的用人界限，不分阶层、种族，只看实际才能来选拔人才。“智勇兼备者，使之典兵；活泼骁捷者，使之看守辎重；愚钝之人则付之以鞭，使之看守牲畜。”依据如此标准来选拔人才，就扩大了选择的范围，为那些出身低微的下层精英提供了晋升之路。

5. 践生活

对不会杀牛的人来讲，他不懂得牛骨结构，牛在他眼里只是一头整牛。牛骨长得很复杂，大骨必须用斧子砍断才行。世上之道宛如牛骨架，治政之理又如刀刃。征服世界在于威信和技能，而不在于强力，要像解剖牛骨一般，不费力而行之。

（选自《成吉思汗箴言》）

导读

学习，不仅是在学校努力学习课本的知识，还应在生活中学习更多的知识。生活是知识的海洋，生活之中处处皆学问。生活是多彩的，也是复杂的，她有很多东西值得我们去学习。

延伸阅读

小草尖上的科学

草原是地球的“皮肤”，如果把森林比作立体生态屏障，那草原就是水平生态屏障，它发挥着防风固沙、保持水土、涵养水源、调节气候、维护生物多样性的重要功用。

我国草原东西绵延4500多公里，覆盖2/5的国土面积，是我国黄河、长江等7大水系的发源地，是中华民族的水源和“水塔”，黄河水量的80%、长江水量的30%、东北河流50%以上的水量都直接源自草原。

当植被覆盖度为30～50%时近地面风速可降低50%，地面输沙量仅相当于流沙地段的1%。草原覆盖度60%的土地，每年断面上通过的沙量平均只有裸露沙地的4.5%。相同条件下，草地土壤含水量高出裸地90%以上，草坡地与裸坡地相比，地表径流量可减少47%，冲刷量减少77%。草原的这些重要生态功能独一无二、无法替代。

第五单元

朋友义

小朋友，友谊能使人同舟共济，友谊能使人生活充实，五彩缤纷。如果失去了友谊，犹如航船在大海里失去方向，犹如红花失去绿叶没法生存。所以，友谊就像花朵，好好地培养，可以开得无比灿烂。

1. 爱朋友

性格爽快的人朋友多，躯干笔直的木材用处多。

一个人的智慧不够用，众人的智慧用不完。

和朋友一起，在沙漠里也能生活；离开了朋友，在花园里也会难受。

（选自《蒙古族谚语》）

导读

友谊，使我们和素昧平生的陌生人产生相见恨晚的好感，我们分享着各自不同的兴趣和观念，融入对方的世界，并担负着相互守护的责任。

延伸阅读

客来敬茶是一种蒙古族传统礼仪。在蒙古历史上不论是富贵之家还是贫穷之家，不论是上层社会还是平民百姓，也不论在各类交际场合或在家里、在旅途，无不以茶为应酬品。家中有客来，茶是必不可少的款待物。因此，牧民们招待客人，照例是先向贵宾献上一碗奶茶，接着主人又端上来炒米和一大碗的奶油（蒙古语称交和）、奶豆腐和奶皮子等奶制品。

2. 结安答

有朋友的人，心胸像草原一样广阔；
没有朋友的人，心胸像手掌一样狭窄。
炼铁需要有硬火，交友需要有诚心。

（选自《蒙古族谚语》）

导读

安答，蒙古语音译，含义为兄弟或盟友。蒙古人对安答的理解是重义，强调正义公道、忠诚守信、同甘共苦、终身维系。

延伸阅读

铁木真十一岁时，曾与札木合在斡难河的冰上玩耍，札木合赠给他一个公麅子髀石，铁木真回赠了一个灌铜的髀石，于是二人结为安达。第二年春天，两人一起射箭，札木合又赠了一个鸣镝给铁木真，铁木真则回赠了一个柏木顶璞头。两人再次结为安达。当时，他们说结为安达是“天地与我添气力”。

3. 善交友

有千石粮食的人，也有饥饿的时候；
有千个朋友的人，不会有饥饿的时候。

（选自《蒙古族谚语》）

导读

石，读“dàn”，古代的一种容量单位，十斗为一石，大约重120斤。有千石粮食的人，也有用尽之时；而拥有千个朋友的人，将取之不尽，用之不竭。

延伸阅读

哈达是蒙古族日常行礼中不可缺少的物品。献哈达是蒙古族牧民迎送客人和日常交往中尊贵的礼节。献哈达时，主人张开双手捧着哈达，吟唱吉祥如意的祝词或赞词，渲染敬重的气氛，同时将哈达的折叠口向着接受哈达的宾客。宾客要站起身面向献哈达者，集中精力听祝词和接受敬酒。接受哈达时，宾客应微向前躬身，献哈达者将哈达挂于宾客颈上。宾客应双手合掌于胸前，向献哈达者表示谢意。

4. 诚交流

不要以为没有敌人便抛开利剑，
不要因为一时怀疑而伤害朋友。

导读

敞开你的心扉，对你身旁的人以诚相待，那么快乐、友情与关爱就会永远围绕在你身边。与人坦诚相待，就不要想太多复杂的事，因为坦诚相待，不需要任何的谎言，不需要任何的想象，只要发自内心地说出自己想说的话，做最真诚的事。

延伸阅读

在我们遭到他人嫉妒，被长着利牙的毒蛇所挑唆时，我们双方可要上牙碰着下牙，用嘴巴阐明我们所做的一切，于彼此信赖中不被他人挑唆。

在我们遭到他人诽谤，被吐着信子的毒蛇所离间时，我们双方可要舌头对着舌头，用事实澄清我们所做的一切，于彼此信赖中不被他人间离。

蒙古族人须推崇、尊重任何民族之谦虚、纯洁、正直、有学问及明智之人。

5. 守谦虚

要谦虚谨慎，
与众人和睦。
只要坚持实事求是，
不乏拥护之人。

（选自《成吉思汗箴言》）

谁是谁非，何须争论？
即使争论也要多多思忖！
长短是非岂能评说不停？
要相互和睦最为当紧！

导读

谦虚并不是自卑，也不是盲从，而是在实事求是的基础上，认真听取别人的意见，并耐心真诚地向别人寻求评价和指教。俗话说得好，“尺有所短，寸有所长”，每个人都有自己的优点，同时又有自己的不足。因此，在与人交往中，只有时刻保持谦虚的态度，才会让自己更受欢迎。

延伸阅读

蒙古族做客礼仪

首先，到蒙古族人家里做客忌讳进屋时把衣襟掖在腰带里，挽着袖子，也不可手提马鞭子进屋。不论客、主，都要让长辈和老人先进屋。进屋后，忌讳乱坐位置。来者是客，主人一般要让客人坐上座，而客人请老人先就坐。在蒙古包里，总是长辈坐正面，男人坐西边，女人坐东边。有客人在场忌讳对孩子发脾气，更不能打骂孩子。长辈和老年人讲话时忌讳打岔、揭短，有疑问或需要说明情况时，待人家讲完后再问。

吃饭时，忌讳给客人食用无盐的茶饭；吃热饭时忌讳用嘴吹气；忌讳倒撒食物；饭后忌讳伸懒腰。

后记

何为价值观？自人猿相揖别，生活越来越复杂，矛盾冲突也越来越频繁，如何安排人与自然、人与人之间的关系，这就需要种种规则。在规则框架中，利益、立场不同的人取得共识，理解、认同、执行规则，这就是价值观。如果说人类社会的过去、现在、未来是一条奔流不息的长河，那么价值观就是随之蜿蜒的河岸，它立足于河流，又约束着河流。在中国这片土地上，河流至今，几经曲折后，星垂平野阔，浩浩去无际。中华民族复兴之鹄的，就在国富民强，就在重立于文明之巅；法治、公正、平等、自由，则是现代文明的核心基质，也是规矩之所在；友善、诚信、敬业、爱国，如果每一个身处其中的个体，乐在其中，欣悦践履，那么普世和谐、天下大同就不再是梦想，而是心驰神往的现实。你怎么看这个世界，这个世界就会是什么样的。人们怎么去审视自己的责任，如何去看待自己的家与国，如何瞻望这片土地的未来，将决定复兴之路能走到哪里、走多远。

观念非无源之水，它来自于生活，提纯经验，凝结智慧，附丽于经典，如薪火般相传于口耳。人类柔弱堪比芦苇，之所以有今天的璀璨文明，全因那是一株株会思想、有传承的芦苇。莽莽北方草原，千百年来，经历过干旱、风雪、蝗虫狼鼠之灾，也饱受战乱之害。那些横跨东西万里的草原行国，盛时如火如荼，衰时如青烟袅袅，俯视王朝兴替的蓝天白云依旧，背负过客匆匆脚步的草原依旧。草原上的人们跟着牛羊从夏天走到冬天，毡帐搭了又折，旭日升皓月落，一季草荣一季草枯。流年改变了人们的容颜，改变了人们的生活，甚至改变了大地本身的模样，但总有一些存在无法改变。流传在蒙古包里的民间俗谚、歌谣、成吉思汗箴言与大札撒，长者们呕心沥血收藏教授的《蒙古秘史》《黄金史纲》《青史演义》……人类的智慧之光，在不同的地方会有不同的形状，但是，就像潭中月与海上月，都是天心月的投影，彼此有共通之处。草原文化里的言语教训与社会主义核心价值观有着体裁、语言等形式上的差异，然而在本质上却是一脉相承、声气相投。

经过岁月的涤荡淘洗，得以流传下来的蒙古族思想成果弥足珍贵。这些教人向善、促人奋进、引人入胜的言语，是阿布、额吉们祖祖辈辈间的老生常谈，也是我们持守的集体记忆。翻开书，抛开种种成见，以平常心读这些来自岁月深处的前人留言，听一听，他们向往的生活究竟是什么样的。之后，也许你对自己、对世界，会有一点不一样的想法。